This notebook belongs to :

_____

_____

_____

Date: /   /
_____

Date: /   /

Date: / /

Date: /   /

Date: /   /

Date: / /

Date: /   /

Date: /   /

Date: /   /

Date: /   /

Date: / /

Date: /   /

Date: /   /

Date: /   /

Date: /   /

Date: /   /

Date: /   /

Date: / /

Date: / /

Date: / /

Date: /   /

Date: /   /

Date: /   /

Date: /   /

Date: /   /

Date: /   /

Date: / /

Date: /   /

Date: /   /

Date: /   /

Date: /   /

Date: / /

Date: /   /

Date: / /

Date: / /

Date: /   /

Date: /   /

Date: /   /

Date: /   /

Date: / /

Date: /   /

Date: / /

Date: /   /

Date: /   /

Date: /   /

Date: / /

Date: / /

Date: /   /

Date: / /

Date: /   /

Date: / /

Date: /   /

Date: /   /

Date: / /

Date: /   /

Date: / /

Date: /   /

Date: / /

Date: /   /

Date: / /

Date: / /

Date: /   /

Date: /   /

Date: /   /

Date: /   /

Date: /   /

Date: /   /

Date: /   /

Date: /   /

Date: /   /

Date: / /

Date: / /

Date: /   /

Date: /   /

Date: /   /

Date: /   /

Date: /   /

Date: /   /

Date: / /

Date: /   /

Date: /   /

Date: / /

Date: /   /

Date: / /

Date: /   /

Date: /   /

Date: /   /

Date: /   /

Date: /   /

Date: / /

Date: /   /

Date: /   /

Date: /   /

Date: /   /

Date: /   /

Date: /   /

Date: / /

Date: /   /

Date: /   /

Date: /   /

Date: /   /

Date: /   /

Date: /   /